MW01477963

我們的故事系列

米米坐馬桶

文 周逸芬　圖 陳致元

總編輯 周逸芬
編輯 程如雯　美編 陳致元

發行人 周逸芬
出版者 和英文化事業有限公司
地址 新竹市金山街87號
電話 03 563-6699
傳真 03 563-6099
www.heryin.com
heryin@heryin.com
郵撥 50135258
(和英文化事業有限公司)
ISBN 978-986-7942-99-9
定價 180 元
初版一刷 2011年02月
版權所有 翻印必究

和英文化

米米坐馬桶

文 周逸芬 圖 陳致元

和英文化

米米堆積木，
越玩越開心，

不ㄅㄨ知ㄓ不ㄅㄨ覺ㄐㄩㄝ中ㄓㄨㄥ，
米ㄇㄧ米ㄇㄧ尿ㄋㄧㄠ濕ㄕ褲ㄎㄨ子ㄗ了ㄌㄜ！

「汪ㄨㄤ汪ㄨㄤ！」

小ㄒㄧㄠ狗ㄍㄡ豆ㄉㄡ豆ㄉㄡ踩ㄘㄞ到ㄉㄠ米ㄇㄧ米ㄇㄧ的ㄉㄜ尿ㄋㄧㄠ，
摔ㄕㄨㄞ了ㄌㄜ個ㄍㄜ四ㄙ腳ㄐㄧㄠ朝ㄔㄠ天ㄊㄧㄢ！

米米和媽媽
到公園玩，

米米看見水花噴出來，
她好「想」小便！

可_{ㄎㄜˇ}是_{ㄕˋ}米_{ㄇㄧˇ}米_{ㄇㄧˇ}來_{ㄌㄞˊ}不_{ㄅㄨˋ}及_{ㄐㄧˊ}說_{ㄕㄨㄛ}，
尿_{ㄋㄧㄠˋ}就_{ㄐㄧㄡˋ}出_{ㄔㄨ}來_{ㄌㄞˊ}了_{ㄌㄜ˙}，

還「ㄏㄞˊ」弄「ㄋㄨㄥˋ」濕「ㄕ」溜「ㄌㄧㄡ」滑「ㄏㄨㄚˊ」梯「ㄊㄧ」。

媽媽買小馬桶給米米，

米米把它當成
小兔子的「床」，
怕弄濕「床」，
米米不肯坐在
上面小便。

媽媽請小兔子幫忙，
她餵小兔子喝很多水。

媽媽說：

「兔子想小便囉！」

米米幫忙脫褲子。

小兔子坐在馬桶上小便。

「耶！尿出來了！」

「我也要小便！」

可是，
米米坐不住，
她一會兒
跑去追小狗，

一會兒看郵差
叔叔送來什麼？
米米沒有一次
尿在馬桶裡！

奶奶對媽媽說：
「米米還沒有準備
好，再等等吧！」

日子一天天過去，米米每天穿著尿布，開開心心的玩耍，沒有人要求米米坐馬桶了。

有一天，米米對媽媽說，
「我要聽故事！」
米米會講出自己的願望了。

一ˋ本ˇ書ㄕㄨ

兩ㄌㄧㄤˇ本ㄅㄣˇ書ㄕㄨ

三ㄙㄢ本ㄅㄣˇ書ㄕㄨ

當ㄉㄤ媽ㄇㄚ媽ㄇㄚ唸ㄋㄧㄢˋ完ㄨㄢˊ
第ㄉㄧˋ三ㄙㄢ本ㄅㄣˇ ——
《小ㄒㄧㄠˇ便ㄅㄧㄢˋ的ㄉㄜ˙故ㄍㄨˋ事ㄕˋ》，
米ㄇㄧˇ米ㄇㄧˇ飛ㄈㄟ快ㄎㄨㄞˋ的ㄉㄜ˙
跑ㄆㄠˇ向ㄒㄧㄤˋ馬ㄇㄚˇ桶ㄊㄨㄥˇ，

「我ㄨㄛˇ尿ㄋㄧㄠˋ出ㄔㄨ來ㄌㄞˊ了ㄌㄜ˙！」

媽媽為米米
歡呼鼓掌！

現在，米米會在
馬桶上小便了，

而且她最喜歡聽媽媽
唸《小便的故事》！